Hôtel des Frissons

La chambre froide

Vincent Villeminot
Illustré par Joëlle Dreidemy

Nathan

HÔTEL

Il y a un hôtel, à l'entrée de la ville, dans une rue oubliée...

Toutes les maisons des alentours sont fermées. Leurs fenêtres ont été murées. Un vent méchant bat l'endroit toute l'année.

S'ils doivent passer par là, les habitants de la ville pressent le pas. Ils s'emmitouflent dans leurs manteaux. Ils frissonnent, sous leurs chapeaux, le nez enfoui dans une écharpe. Les chats noirs du quartier prétendent que, la nuit, on peut croiser sur le trottoir des gros rats gras, aux dents tranchantes, aux griffes griffues.

Pourtant, l'hôtel, lui, semble intact. La nuit, sa façade est dorée, brillamment éclairée.

Chaque matin, c'est un ballet de taxis, de limousines. Des clients quittent l'hôtel, chargés de paquets, de malles, de valises, de boîtes à chapeau…

On en a même vu un, dit-on, repartir un jour dans une antique calèche !

Mais ce sont peut-être des rumeurs. Des légendes. Des contes à dormir debout, à ne pas fermer l'œil de la nuit.

Alors, un samedi après-midi, tu finis par décider d'aller y jeter un œil. D'en avoir le cœur net.

Tu pousses la porte à tambour sur la pointe des pieds. Un groom en livrée écarlate, plus grand qu'un gorille, te salue du menton, sans un mot. Tu entres dans le hall, immense, et vide à cette heure-là. Le grand lustre du plafond brille de mille feux. Les tapis sont épais, profonds, silencieux. Des employés montent et descendent quelquefois le grand escalier de marbre vers la mezzanine et les étages. Un homme s'endort à la réception.

Le temps passe.

Un colosse en tablier blanc de boucher aussi.

Il traverse le hall, portant à bout de bras un étrange paquet, comme un dôme, sous un tissu bleu nuit. Dedans, ça grogne, ça piaille, ça gratte...

Il disparaît. Silence. Personne au bar.

Quelque part, on entend les bruits d'une noce.

Maintenant, le colosse ressort, il doit venir des cuisines, son tablier blanc est tout taché de sang, il a les manches retroussées, les bras velus et roux, les sourcils froncés. Un coup d'œil à gauche, un autre à droite – l'air de ne pas vouloir être vu...

Inquiétant. Dégoûtant. Il s'en va !

1
Voleurs !

Et tout à coup, tu les vois. Là, planqués sous le grand escalier : deux ombres, deux silhouettes, deux comploteurs qui se cachent et préparent, sûrement, un mauvais coup.

Elle, c'est Margot : une fillette de ton âge, avec de grands yeux noirs, graves et sérieux. Elle a des cheveux si sombres qu'ils en ont des reflets bleus. Elle a un pull multicolore, mais une peau si blanche…

Lui, c'est Tristan : un rouquin décoiffé, débraillé, déluré, dont les yeux semblent énormes, et d'une couleur étrange, indéfinissable, derrière les culs-de-bouteille de ses lunettes, et sous son bonnet.

Ils ont l'air préoccupé, tous les deux, des mines soucieuses. Ils chuchotent comme deux bandits qui s'apprêteraient à détrousser un voyageur de grand chemin.

Et soudain, ils se mettent à ricaner.

Que viennent-ils de décider ?

Oh, oh, regarde-les !

Ils traversent à pas de loup l'immense hall de réception, dans le sens exactement inverse du colosse. Un coup d'œil à droite, un autre à gauche : ils ne veulent pas être aperçus, eux non plus, c'est certain. Ils filent vers les cuisines, que dirige le père de Tristan, Hector Carnasse…

– Je te dis que mon père ne va pas revenir de sitôt, assure Tristan. Il est parti faire sa sieste, comme tous ses cuisiniers, avant le coup de feu du dîner.

– Hihihi, si tu te trompes, gare à nos fesses, glousse Margot.

– Ouais ! En revanche, il ne faudra pas traîner ! On a à peine un quart d'heure avant que les pâtissiers reviennent !

Tristan brandit triomphalement le gros trousseau de clés. Il ouvre une porte silencieuse et blindée. Sans un bruit, les deux gamins se glissent dans la cuisine, dans laquelle ils s'enferment. Personne. Les plans de travail sont vides. Les pianos éteints. Les batteries de casseroles bien rangées. La brigade de cuisiniers semble s'être dissipée, pffuit.

Margot n'avait jamais vu cet endroit ainsi déserté en plein jour. Normalement, il grouille d'activité. Pour un peu, on jurerait que quelqu'un lui a jeté un sort : et si, en claquant des doigts, on pouvait faire disparaître, d'un coup d'un seul, tous les êtres vivants !

Brrrrrr !

« N'y pense pas, Margot ! Tu as trop d'imagination ! » C'est ce que lui répète son père tout le temps, depuis la mort de sa mère. « Ne te berce pas de contes à dormir debout ! », « Arrête de croire aux fantômes et aux monstres ! », « Tu ferais mieux de te mettre à tes devoirs, au lieu de lire et d'écouter ce genre d'histoires ! », « Concentre-toi ! » ... Mais elle ne peut pas s'en empêcher. Et puis, cet hôtel que son père a acheté, il a l'air plein de secrets. De trucs étranges. Bizarres. Vraiment effrayants. Très, très, très intéressants.

– Tu fais quoi ? demande Tristan en la secouant. Tu viens ? C'est pas le moment de rêvasser !

Le garçon ouvre la porte en acier trempé du grand réfrigérateur.

– Ha ha ha, à nous le goûter des rois ! Tu vois, je ne t'avais pas menti !

Effectivement, Margot n'en croit pas ses

yeux : devant elle, posées sur les étagères de la grande armoire réfrigérée, il y a des dizaines de pièces montées ! Des pyramides de choux à la crème couvertes d'un caramel encore fumant, en train de durcir, et qui sera bientôt comme une couche de cristal brun et cassant !

C'est pour le mariage de clients qui ont réservé toutes les chambres de l'hôtel, ce week-end, afin de loger leurs invités.

– Vite ! vite ! lance Tristan. Tu prends

trois choux sur chaque gâteau, moi aussi, hop, personne n'y verra rien…

Il distribue les consignes la bouche déjà pleine : des choux, il en a plein les joues.

– Trois, pas plus ! Grmpf… Et les dragées, regarde, elles sont là !

Margot, à son tour, cueille en riant des petites pâtisseries sur chaque gâteau, en essayant de choisir le côté que Tristan n'a pas encore pillé – histoire d'équilibrer.

Miam, c'est simplement délicieux, ce parfum de vanille. Cette pâte croquante et moelleuse. Ce caramel encore chaud. Elle gobe deux dragées. Hmmmm, c'est divin, cette amande sucrée !

– Plus vite, Margot ! S'ils nous trouvent dans la cuisine, je te jure, ça va barder !

– Attends... Justement...

Margot vient de se figer. Un doigt sur ses lèvres barbouillées de sucre. Des voix, des bruits de pas. Une clé qui tourne dans la serrure.

– Aïe ! On vient !

2

Sous la cuisine…

– Cache-toi !

Tristan ouvre la porte du cellier, y pousse Margot. Il se jette derrière elle et les enferme dans le noir.

De l'autre côté du battant, il y a des bruits, des voix. Les pâtissiers ont fait leur entrée. On les entend ouvrir le frigo, sortir les gâteaux.

– Tout est prêt… Il ne reste qu'à glacer les pièces montées…

– Tiens, bizarre, celle-là a l'air un peu de biais.

– Et celle-là aussi… Bah, le chef pâtissier devait avoir un coup dans le nez !

– En attendant, on va préparer la nougatine.

Tristan secoue la tête en roulant des yeux ronds. La nougatine ? Damnation, ils en ont pour des heures ! Et si par malheur le sucre glace, le vinaigre ou les amandes effilées se trouvent dans ce cellier… Le garnement allume la lampe torche qui ne le quitte jamais.

– Chuuut…

Le doigt sur les lèvres, il éclaire une trappe dans le sol, se penche à l'oreille de Margot.

– On va se glisser dans la cave. Et je connais un passage, ensuite… Pas un bruit !

Tristan soulève la trappe en bois, ils

descendent un petit escalier que Margot ne connaissait pas.

– On est où ? demande-t-elle.

– Sous la cuisine... Dans les réserves du chef Carnasse... Mais pas un mot ! Si mon père apprend que je t'ai emmenée là, il nous saucissonne !

Ce genre de menace ne fait pas vraiment rire Margot. Son cœur bat.

Dans le noir, seulement éclairés par le halo de la lampe torche, ils traversent une petite pièce au sol de terre battue, vont vers une paroi d'acier.

– Derrière cette porte, c'est la chambre froide de mon père... Pour ses préparations spéciales. Alors, tu n'en parles pas, tu ne regardes pas autour de toi, et tu me suis...

Margot s'arrête.

– Attends. J'ai entendu un bruit, là, dans le coin...

Effectivement, on dirait que... quelque chose piaille, depuis que Tristan a allumé. C'est comme le cri d'un petit animal paniqué. Une souris prise au piège ?

– Allez, on s'en va, la presse Tristan. Ils peuvent entrer d'une minute à l'autre !

Mais Margot lui arrache la lampe des mains, d'autorité, et éclaire le coin de la pièce où ça s'agite.

– Qu'est-ce que c'est que ça ?

Posé dans un angle de la cave, sur un guéridon, au milieu des bocaux de légumes, des salaisons, des fromages à affiner, il y a ce paquet étrange, en forme de dôme, recouvert d'un drap bleu nuit, que le colosse au tablier ensanglanté transportait tout à l'heure.

Et ça s'agite, là-dessous.

Ça grignote, ça couine, encore plus maintenant que la lumière vient éclairer le tissu.

– On n'a pas le temps, Margot, chuchote Tristan. Et puis ça ne te regarde pas !

Mais Margot n'écoute pas. Elle fait deux pas. D'un geste brusque, elle arrache le drap. Et elle découvre... une grande cage, comme celle où chantaient les oiseaux de sa maman. Sauf que derrière les barreaux, ce ne sont pas des piafs ! Toutes serrées, tout entassées, il y a quatre... non, cinq... cinq jolies, mignonnes, ravissantes, adorables, pelucheuses marmottes aux grands yeux bruns, aux nez paniqués, aux poils ébouriffés.

– Mais qu'est-ce que c'est que...

– Viens !

Tristan veut lui reprendre la torche. Elle résiste. Il insiste. Elle se dégage.

La lampe torche tombe sur le sol.

Ils se figent, tous les deux.

Au-dessus de leur tête, on entend des pas, le plancher qui grince. Puis les voix des pâtissiers qui sont entrés dans le cellier :

– Tu as entendu ça ? C'était quoi ?

– Une souris, sûrement... Si le chef Carnasse apprend ça...

– Viens, maintenant, murmure Tristan, le doigt sur les lèvres.

Il ouvre la porte de la chambre froide, tire sa manche. Margot n'ose pas résister cette fois. Elle a fait assez de bêtises comme ça.

Derrière lui, elle entre dans une pièce immense, haute de plafond et réfrigérée, presque aussi grande que la cuisine.

Elle regarde autour d'elle…

Dans la demi-obscurité éclairée par la veilleuse bleutée, il y a…

Horreur !

3

Des cadavres jusqu'au plafond !

Des carcasses.

Des cadavres.

Des tas et des tas.

Autour d'elle. Au-dessus d'elle. Par-dessus sa tête. Sous ses yeux. Accrochés au plafond, pendus aux murs, posés sur les deux consoles. Des bœufs, des moutons, des veaux, des agneaux. Et même des tout petits cadavres, lapins, poules, poulets et coquelets !

Ils sont tout nus pour la plupart, roses,

sans peau ni plumes ni fourrure, sans tête ni pieds, sans sabots ni jabot… Mais d'autres sont encore « habillés », couverts de poils, comme s'ils s'apprêtaient à repartir courir dans les prés. Et puis… il y a… il y a… il y a un beau cerf, encore vêtu de son pelage d'hiver, aux longs cils givrés, aux bois vernis, aux fins sabots ; et à côté de lui, sa jolie biche aux yeux doux, si noirs, pendue elle aussi la tête en bas.

Margot s'étouffe :

– Mais c'est… C'est… C'est monstrueux !

– Fais pas de bruit, chuchote Tristan, furieux. Tu as fait assez de dégâts comme ça !

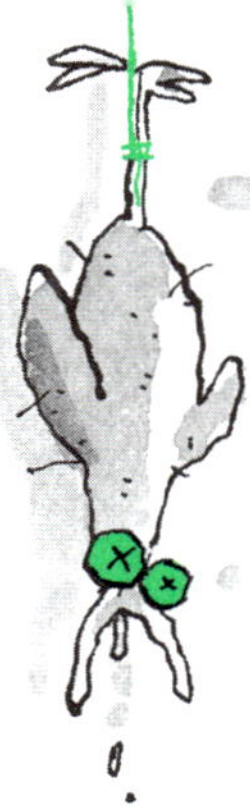

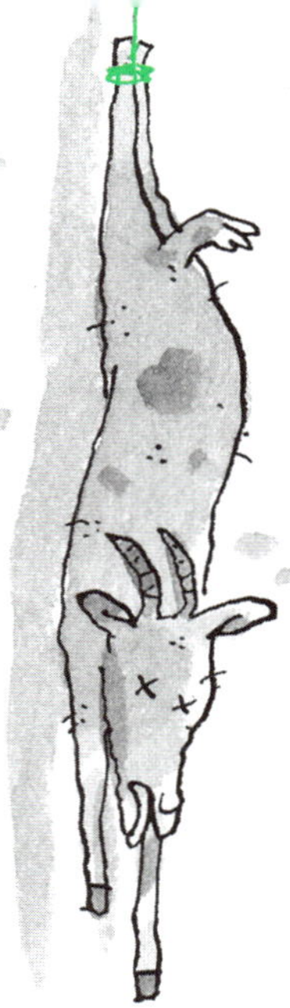

Il montre d'un œil inquiet le plafond.

– Les pâtissiers pourraient nous entendre. Chuuuuut...

Margot regarde autour d'elle, frissonne. Au bout de quelques instants, Tristan lui fait signe qu'ils peuvent bouger.

– Allez, on file. Si mon père nous trouve ici, on va avoir du mal à s'expliquer. Il nous réduira en terrine…

Margot s'en fiche.

– Mais tu as vu ce qu'il y a là ? proteste-t-elle. Au bout de ces crochets ! C'est criminel !

– C'est la viande que tu as dans ton assiette. Tu crois qu'elle pousse dans les champs ?!

– Mais… Mais la biche et le cerf !

– C'est pour des clients qui aiment le gibier.

– Et… Et les marmottes, dans la cave ?

Tristan a l'air gêné, tout à coup.

– Bah, ça… c'est sûrement un plat spécial, pour un client très très exigeant.

– Ton père n'a pas le droit ! C'est répugnant ! Des animaux vivants !

– Ça rapporte beaucoup de clients à l'hôtel, qu'est-ce que tu crois ! Ton père est au courant, d'ailleurs !

Margot met les poings sur les hanches, et elle menace à mi-voix :

– Je vais attendre ici, et dès que les pâtissiers seront partis, je libérerai les marmottes !

– T'es dingue !

Tristan roule de nouveau ses gros yeux, derrière ses énormes lunettes.

– De toute façon, on ne peut pas retourner dans la pièce des marmottes, la porte ne s'ouvre pas dans ce sens-là… On est dans un frigo géant, je te rappelle. Et si on reste trop longtemps, on va mourir de froid.

Effectivement, ils soufflent déjà des nuages de vapeur. Et Margot commence à grelotter.

– On… on est prisonniers ?

Tristan sourit, hausse les épaules.

– Non, on file par la bouche d'aération. C'est mon passage secret, je te le montre. Mais tu n'en parles à personne, hein ?

En passant, il pousse devant lui deux pièces de boucherie, un cabri et un cochon déjà tout dépecés, qui se mettent à tournoyer au bout de leurs crochets.

– Regarde. En plus, ils sont contents d'être là. Ils dansent…

Et il se met à chantonner, en envoyant valser deux agneaux.

– Berk, frissonne Margot. T'es dégoûtant, vraiment !

– T'as franchement aucun humour, aujourd'hui… Toi qui aimes les histoires de cadavres, normalement !

Entre les carcasses qui se balancent, Tristan se dirige vers une petite porte, à gauche, dans le fond de la chambre froide enterrée.

– Qu'est-ce que tu fais ? demande Margot.

– Je nous trouve une sortie. Mais toi, tu restes où tu es. Interdiction de me suivre dans ce placard.

– Pourquoi ?

Margot fait un pas. Tristan se retourne vers elle, et il fronce les sourcils.

– Entrée interdite, je te dis ! Si tu viens voir là-dedans, et que mon père l'apprend, je… je… je ne pourrai pas rester à l'hôtel. Alors, s'il te plaît, recule.

4

La tête dans les toilettes

Il entre dans le réduit, elle l'entend farfouiller. Il en ressort avec un escabeau sous le bras, qu'il vient placer sous la bouche d'aération aménagée dans le faux plafond.

Il monte les cinq marches de son échelle, se juche sur la pointe des pieds, démonte la grille, attrape une corde à nœuds qui y était cachée, sans doute dans le tuyau.

– Ta-dam ! Et voilà, suffit d'aller ranger

l'escabeau, et de monter grâce à la corde. Et personne ne saura qu'on était là…

– Hum, fait Margot en baissant le nez. Je suis nulle en gym.

– Ne me dis pas que tu ne sais pas monter à la corde ?

Elle rougit.

– Ben… je n'y arriverai pas…

– OK. C'est pas grave… Toi, tu utilises l'escabeau, ensuite moi, je le range, et je monte avec la corde. Allez…

Aussitôt dit, aussitôt fait : Margot se glisse dans la conduite d'aération, Tristan l'aide un peu à se hisser – elle n'est pas franchement acrobate ! Quand elle est là-haut, il retire l'échelle, va la remettre dans le mystérieux placard, revient, monte au plafond avec la corde à nœuds, se faufile dans le tuyau à côté d'elle…

– Pourquoi tu ris ? demande-t-il.

– Parce qu'il y a deux secondes, suspendu à ta corde, tu ressemblais à…

Elle montre les carcasses qui se balancent dans la lumière bleue de la chambre froide.

– À un cochon ? pouffe Tristan.

Il remonte la corde, remet la grille en place.

– Allez, suis-moi…

Elle avance à quatre pattes derrière lui, dans la conduite de chaleur. Comme une spéléologue dans une grotte, sauf qu'elle est dans le plafond. Coincée entre l'affreuse chambre froide enterrée et le plancher de la cuisine, dans laquelle ils entendent du bruit, des éclats de voix – le chef Carnasse est revenu, cette fois.

On n'y voit rien. On croise d'autres tuyaux.

Son copain semble savoir où il va, c'est comme s'il n'avait pas besoin de lumière pour percer l'obscurité. Ça n'étonne même pas Margot, il a toujours eu un super pouvoir pour voir dans le noir…

Finalement, ils débouchent dans un espace plus vaste. On entend un bruit, comme une chute d'eau.

– Attends, fait Tristan.

La chute d'eau s'arrête. Une porte se referme. Des pas s'éloignent.

– La voie est libre…

Il s'engage dans une conduite qui remonte, Margot le suit. Et quand elle dresse la tête, elle réalise qu'elle vient de sortir… dans les toilettes pour dames du hall.

Littéralement.

Tristan a soulevé l'abattant d'un cabinet, et ils ont rejoint l'air libre par la cuvette.

– Ha ha ha, la cascade… C'était la chasse d'eau !

– Oui, celle des toilettes d'à côté. Celles-là sont fausses, c'est notre passage secret !

Ils rabattent la lunette et ils sortent devant les lavabos.

Margot se souvient qu'elle a toujours

connu le petit panneau « W.-C. en travaux ».

– Et hop ! ni vu ni connu ! dit Tristan. Allez, on s'en va…

Mais elle ne l'entend pas de cette oreille. Elle fixe son ami, un brin contrariée, et attend. Il la regarde, l'air suppliant.

– Ce n'est pas le moment de t'expliquer… Pas maintenant.

– Alors, quand ?

– Un jour… Juré… En attendant, toi, tu oublies ce que je t'ai montré ? Tu me le promets ?

Elle ne répond pas.

– Te connaissant, ça m'étonnerait… ajoute-t-il. Mais tu sais, ton papa est au courant pour la cave, les biches et les marmottes…

– Et ce qu'il y a dans le placard du fond, il le sait aussi ?

Tristan ne répond pas tout de suite. Il baisse le nez, regarde ses pieds.

– Il n'y a rien dans ce cagibi. Je t'assure.

– Je ne te crois pas. Ce soir, on se retrouve ici, et tu me dis la vérité !

– Non, ce soir, je ne peux pas, je dois aider papa… pour le dîner de mariage.

– Très bien. Dans ce cas… Comme tu voudras…

Margot retourne dans l'appartement du directeur, le cœur lourd – c'est la première fois que Tristan lui fait des secrets.

5
Mensonges

Le soir, en dînant tôt avec son père, elle essaye de lui tirer les vers du nez.

– Tu es au courant que le père de Tristan cuisine des plats un peu spéciaux ?

– J'espère bien ! C'est un brillant cuisinier. Les clients viennent de très loin pour ses menus…

– Et tu sais qu'il prépare du gibier ? Dans sa cave secrète ?

– Oui, c'est la saison.

Il n'a même pas sursauté quand elle a

parlé de cave. Elle frissonne en pensant à la biche, aux marmottes.

– D'ailleurs, je suis assez ennuyé. Ce soir, il a demandé un congé. En plein mariage. Heureusement, il a tout préparé...

– Ce soir ? Tu es sûr ?

– Oui, certain.

Et Tristan qui prétendait qu'il devait aider son père en cuisine ! Après les secrets, les mensonges...

Margot soupire :

– Bah, au moins, s'il n'est pas là, il n'assassinera pas des animaux sauvages dans son souterrain !

Elle met la main devant sa bouche. Oups, elle a trop parlé...

Son père fronce les sourcils.

– Qu'est-ce que tu inventes, encore ?

Ne va pas prêter l'oreille à n'importe quel racontar...

Elle ne peut pas en dire plus sans révéler son escapade – alors, elle se tait.

Est-il vraiment au courant, comme le prétend Tristan ?

Après le repas, elle fait sagement ses devoirs.

Ensuite, elle se met au lit et fait mine de s'endormir.

En fait, elle attend que son père ait fini de travailler. Pour avoir le champ libre. Elle patiente, lutte pour ne pas fermer les yeux. Il est tard, si tard... Mais les marmottes comptent sur elle.

Ça y est, le directeur de l'hôtel se décide enfin à aller se coucher. La soirée de noce est terminée… Il s'enferme dans sa chambre. Il n'y a plus un bruit dans l'appartement privé. La voie est libre !

Margot sort de ses draps, passe un pantalon, un pull chaud, met une écharpe, un bonnet. Lampe torche, canif, briquet… Elle se plante devant la fenêtre, regarde la pleine lune briller dans le ciel. Allons, elle est décidée. C'est l'occasion rêvée. Puisque le chef Carnasse est en congé, elle va libérer les marmottes enfermées dans la cave… Et elle ira aussi jeter un œil dans le fameux placard de l'immense chambre froide, au cas où il y aurait d'autres victimes innocentes. Tant pis pour la promesse à Tristan.

Elle enfile ses gants de laine.

Elle sort de l'appartement à pas de loup.

Revient dans le hall de réception sur la pointe des baskets. Le traverse comme une ombre. Mais…

– Margot ? Qu'est-ce que tu fais debout, à cette heure ?

La voix métallique l'a fait sursauter. Margot se tourne vers une petite armure de chevalier, décapitée, qui semble garder le grand escalier.

– Tais-toi, Jean-sans-Tête… Je vais juste… aux cuisines… J'ai faim.

– Tu sais bien qu'elles sont fermées.

– Dans ce cas, je vais aux toilettes… les nôtres sont bouchées.

Margot entend son ami chevalier soupirer. Il faut toujours qu'il la surveille, celui-là.

6

Dans le noir

Elle entre dans les toilettes pour dames, soulève la lunette du cabinet en travaux, se glisse dans le tuyau. Ça y est, la voilà de retour dans le labyrinthe. Elle allume la lampe torche. Hum, c'est moyennement rassurant. Et si elle se perdait… Voyons, à droite, puis à gauche… Elle se souvient du chemin qu'elle a repéré, tout à l'heure. Il suffit de le faire à l'envers, et…

Chut…

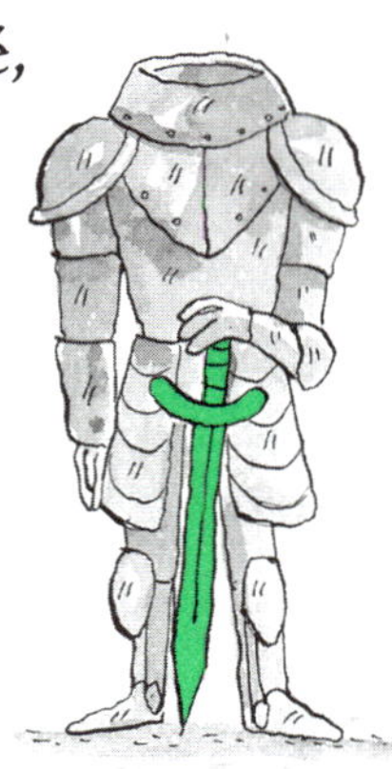

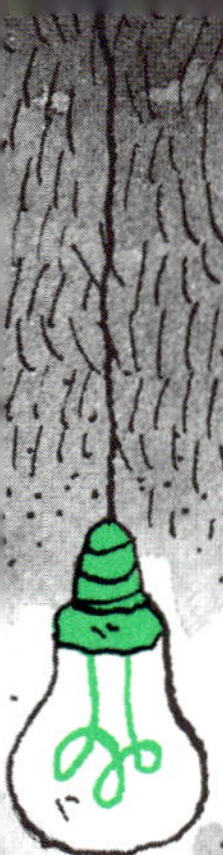

Elle tend l'oreille. Il lui a semblé entendre un grognement… Était-ce sous elle ou au plafond ? Mais non. Elle a dû rêver. Elle retire la grille tout doucement. Personne. Tout est plongé dans la lumière étrange, bleutée.

Penchée depuis le faux plafond au-dessus de la chambre froide des cadavres suspendus, elle vérifie les lieux. Personne.

Alors, tout doucement, elle se laisse glisser le long de la corde, se balance, et saute au sol.

Berk, elle en tremblerait presque. C'est vraiment écœurant, ces animaux décédés.

Bon, allons libérer les marmottes !

En se frottant les mains et en crachant un peu de vapeur glacée, Margot se dirige vers la porte de la cave-aux-marmottes. Fermée, bien sûr ! Qu'elle est stupide !

Tristan lui a dit que ça ne s'ouvrait pas de l'intérieur.

Mais, mais...

– Grrrroaf...

De nouveau, il lui semble entendre un bruit étouffé... Oui, ça gronde, ça grogne, dans la cave. Un chien ? Hum, après tout, c'est peut-être mieux qu'elle ne puisse pas y entrer. N'empêche que maintenant, elle est bloquée. Elle va devoir rebrousser chemin.

Bon, allons, pas la peine de s'attarder au milieu des carcasses.

La corde à nœuds... Margot l'attrape. Mais elle est nulle en gym, vraiment. Elle se balance au bout, comme un boulet, essaye, retombe, fait une nouvelle tentative. Peine perdue. Jamais elle n'y arrivera comme ça.

Bah, après tout, elle n'a qu'à utiliser l'escabeau…

Dans ce cas, que se passera-t-il demain matin, quand le père de Tristan le trouvera dans la chambre froide ? Juste sous la bouche d'aération ?

Si seulement elle y avait pensé, avant !

Mais… Ce n'est peut-être pas si grave…

Le père de Tristan est en congé, ce ne

sera pas lui le premier levé… Elle dira à son copain qu'elle lui a menti, ils reviendront tout remettre en place. Et elle… Elle, pour l'instant, elle pourra sortir de cette sinistre chambre froide, gelée et pleine d'animaux morts…

Elle a si froid… Et on dirait que le cerf et la biche s'apprêtent à se débattre, au bout de leurs crochets… Brrrrr…

Elle se dirige vers le placard du fond. Tiens, derrière cette porte, on dirait aussi un grognement… Plus sourd… Un ronflement ? Elle en était sûre, qu'il y avait des animaux, là-dedans. Espérons qu'ils soient inoffensifs.

Elle pose la main sur la porte interdite. Respire un grand coup. Ouvre. Et là…

7

Horreur !

Dans l'obscurité du fond du placard, une silhouette accroupie se retourne. Elle grogne. Regarde Margot. Des yeux brillants, luisants, méchants. Jaunes.

Margot fait deux pas en arrière. L'éclaire, la lampe torche en pleine face.

Horreur ! Son visage de monstre, couvert de poils roux et gris, au museau allongé, aux babines retroussées, a pourtant quelque chose de familier…

Presque humain…

C'est un homme-loup ! un garou !

Il se redresse. Il fait deux mètres de haut, il a des poils partout et n'a pas l'air content du tout…

La peur a figé Margot un instant. Elle se reprend.

Vite !

Mais c'est trop tard : le monstre a bondi, il donne un grand coup d'épaule dans la porte avant que Margot n'ait pu la fermer. S'avance en grondant, sort du placard.

Elle recule, à pas lents…

Il va la dévorer !

8

Dans de sales pattes

Dans l'immense chambre froide souterraine, illuminée par la veilleuse, commence une mortelle partie de chat.

Margot s'arrange pour laisser une ou deux carcasses entre le loup et elle.

Elle pousse la viande vers lui, il l'évite, elle fait deux pas, recommence avec la carcasse suivante.

Mais il est rapide…

Très très rapide…

Le garou essaye de la bloquer.

S'il l'attrape, il la mange.

Et la porte qui est bloquée de l'intérieur ! Elle ne peut pas l'ouvrir.

– À moi ! crie-t-elle. Au secours !

Aucune chance que quelqu'un l'entende.

– Tristan, à moi !

Elle recule… Elle sent le mur, dans son dos. Bloquée. Vlan ! Avec l'énergie du désespoir, elle balance sa torche au visage du monstre. En plein sur le nez !

Le garou se met à hurler. Profitant de sa surprise, Margot plonge au sol !

Se glisse sous une table. Sans un bruit…

Ouf, il ne l'a pas vue…

Le garou tourne dans la pièce, donne un coup de dents dans une carcasse d'agneau, renverse des poulets… L'odeur de la chair fraîche semble l'affoler… Sans doute préférerait-il une proie vivante.

Il s'attaque à un bœuf, maintenant. Et s'il l'avait oubliée ?

Pas un bruit, surtout.

Sous la table, Margot essaye de réfléchir à toute vitesse. Comment s'échapper ? Que ferait Tristan ? Son copain savait-il ce qu'il y avait dans le placard ? Comment a-t-il échappé à la créature ? À moins que… Oui, la pleine lune… Le monstre a dû se transformer cette nuit. Et s'il suffisait de… de tenir jusqu'au lever du jour ? Si le garou redevenait un homme au petit matin ?

Dans les histoires, ça se passe comme ça, normalement.

Mais Margot le sait : elle ne réussira sûrement pas à le tromper plusieurs heures durant. Bon sang, c'est bien sa veine ! Elle

descend ici juste un soir de pleine lune ! Et précisément la nuit où le chef Carnasse n'est pas là, où il n'y a aucune chance que quelqu'un l'entende appeler !

Elle commence à grelotter. Elle sent le froid l'envahir.

Elle ne doit pas claquer des dents. Non. Surtout pas. Le froid la transperce, l'assomme. L'assoupit. Elle ne doit pas...

Elle frissonne. Un faux mouvement, elle heurte un pied de la table.

Le loup-garou interrompt son festin, se retourne vers l'endroit où elle se cache, la truffe en l'air. Il l'a repérée !

9

À chat perché !

Margot se rue hors de sa cachette. Elle recommence à courir entre les affreuses carcasses. Mais derrière elle, l'homme-loup ne se laisse plus distraire.

Il se rapproche, il griffe l'air, la frôle. Il va l'attraper. La déchirer. La dévorer.

– À moi !

Elle retire son écharpe, son bonnet et son pull tout en courant, les jette sur son poursuivant… Il s'emmêle dedans.

Un peu de répit, quelques secondes.

« Mais ensuite, il va te rattraper en cinq enjambées… »

Le loup court plus vite qu'elle.

« Réfléchis, Margot, réfléchis… Les loups courent très vite, mais ils ne savent pas grimper ! »

Elle s'accroche à un mouton suspendu, l'escalade – comme si elle avait fait de la gym toute sa vie ! La peur donne des ailes.

Juste à temps ! Le garou est déjà sous elle, il grogne et bave. Il plante ses griffes dans la viande, la déchire, la laboure.

Les garous savent-ils grimper tout compte fait ? Non ! Il retombe, réessaye.

Il va réussir à la happer…

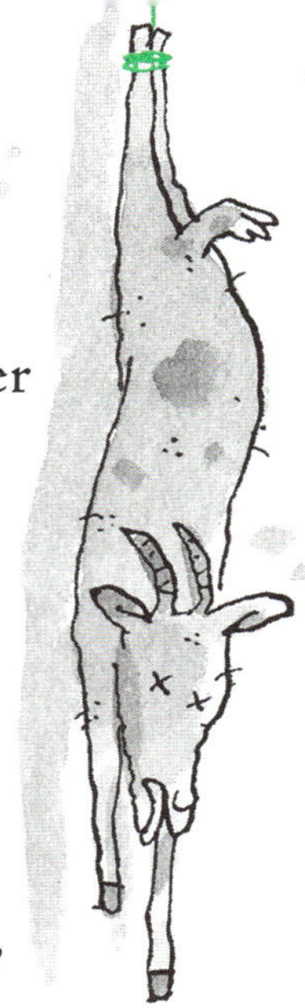

Plus haut, elle doit monter plus haut !

Un coup en avant, un coup en arrière, elle commence à se balancer, le loup-garou agrippé à son mouton comme un poids mort… Hop, d'un bond, elle saute à la carcasse suivante, sans toucher le sol.

C'est un bœuf, ce coup-ci, il est accroché plus haut…

Le temps de gagner quelques centimètres, le garou est là, de nouveau, sous ses pieds, il crache, feule, montre les crocs… griffe et arrache des lambeaux de viande…

Mais il ne peut pas l'atteindre.

– Va-t'en, je t'en prie !

Deux fois, elle sent les griffes la frôler, se recroqueville… Brrr, l'air est glacial…

Dans ce frigo géant, sans pull ni écharpe, elle voudrait courir, battre des bras.

Le garou se calme, sous elle. Il a compris qu'il ne l'attraperait pas. Mais, à l'affût, il attend. Quoi ?

Elle grelotte.

Le froid.

C'est ça qu'il attend. Avec une température aussi basse, elle va s'endormir, mourir congelée ou… tomber… Et dans ce cas, il la dévorera. Non. Pitié, pas ça. Que quelqu'un vienne !

– AU SECOURS ! hurle-t-elle. AU SECOURS, À MOI !

10

Dans la gueule du loup !

Et là, miracle !
Quelqu'un l'entend !

La porte de la cave-aux-marmottes s'ouvre brusquement.

Margot saute de son bœuf sans réfléchir, elle fait une roulade sur elle-même, se relève, replonge en avant vers la terre battue de la cave avant que le garou ne puisse l'attraper…

Et celui qui lui a ouvert claque la porte

au nez du monstre, qui se met à tambouriner – en vain.

Sauvée !

– Ouf, merci, j'ai eu chaud ! Même si j'étais gelée…

Elle rigole de sa blague, un peu gênée… Il va falloir s'expliquer. Cette pièce-là est entièrement plongée dans le noir. Elle allume le briquet. Son sauveur s'écarte vers l'angle le plus noir de la pièce… Il lui tourne le dos.

– Qui que vous soyez, vous m'avez sauvé la vie… Merci !

Il ne répond pas. Mais… Mais… il semble à Margot qu'elle reconnaît cette silhouette ébouriffée… Ces cheveux couleur carotte même dans les ténèbres…

– Tristan, c'est toi ?

C'est bizarre, dans cette cave, on dirait qu'il a grandi.

– Je suis désolée, je ne t'ai pas obéi... Pourtant, j'avais promis... Si tu n'avais pas été là, une fois de plus...

Il ne dit rien. Est-il fâché à ce point ?

– Tu es mon meilleur ami, vraiment !

Tristan se retourne. Et là, Margot pousse un petit cri.

C'est bien son ami. Elle reconnaît ses grands yeux derrière ses lunettes. Mais ils ont jauni. La pupille s'est dilatée, allongée, étrécie. Son visage est couvert de poils roux. Le nez a poussé, on dirait un museau. La bouche s'est élargie sur un sourire plein de dents.

Les mains qui sortent de son pull troué sont velues, griffues, démesurées...

C'est… C'est… un garou, lui aussi !?

– Tristan ? C'est… C'est toi ?

Il s'approche, à pas lents.

– Tu m'entends ? Tu ne peux pas me parler ?

La grimace devient inquiétante.

– Tu m'as sauvée, hein… Tu ne vas pas me manger, maintenant ?

On dirait qu'il en a envie, pourtant. Très très envie…

Margot se met à reculer, dans la cave en terre battue.

Tristan continue d'avancer, silencieux. Menaçant. Margot s'aperçoit qu'il a la gueule barbouillée de sang. Derrière la porte, le grand garou continue de tambouriner. Qu'est-ce qui est le pire du pire ? Retourner là-bas, dans la gueule du loup ? Ou se faire attaquer et dévorer ici, par son meilleur ami ?

Margot n'a pas le temps de régler cette question. Tristan ouvre la gueule, découvre de larges dents…

Et dit :

– Tu peux allumer, si tu veux. L'interrupteur est juste à droite de l'escalier.

Épilogue

Margot éclaire la pièce, stupéfaite.

– Tu parles ? Tu ne vas pas me manger ?

– Non non, ne t'en fais pas. Je n'ai plus mortellement faim, maintenant…

Tristan-garou hausse les épaules, se penche, attrape une souris morte sur le sol par la queue, entre ses doigts griffus… Et hop, il la gobe.

– En plus, il me reste des amuse-gueules. En revanche, désolé, pour les marmottes, c'est trop tard. C'était le casse-croûte de mon

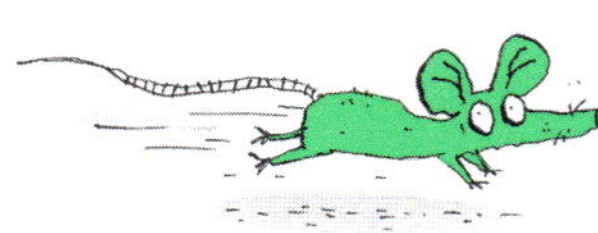

père, pour qu'il se tienne sage cette nuit… C'est raté.

– Ton… Ton père ? C'est ton père, de l'autre côté !

– Eh oui, répond Tristan. Dans la famille Carnasse, on est garou de père en fils. Alors, on s'enferme ici à chaque pleine lune, le temps de se transformer. Chacun sa pièce : papa le réduit, et moi cette cave. Avec des confiseries très poilues pour qu'on soit sages.

– Berk, grimace Magot. Pauvres bêtes !

– Tu aurais préféré que ce soit toi ?

On entend des grognements dans la chambre froide. Le garou a arrêté de frapper, il doit être en train de se goinfrer.

– Tu as eu chaud, reprend Tristan. Heureusement pour toi, comme je suis plus jeune, ma métamorphose finit plus tôt que celle de papa…

Il baisse soudain le nez.

– Enfin, bref, je… Je suis désolé.

– De quoi ? Tu m'as sauvé la vie !

– Oui. Mais une minute plus tôt, j'aurais pu aussi bien te dévorer.

Il n'ose pas la regarder, honteux. Ça fait de la buée sur ses lunettes. Margot remarque qu'à chaque seconde, il redevient un peu plus humain…

– Et moi, j'aurais dû t'écouter, dit-elle. Je t'avais promis…

– Bon… Match nul, alors… Tiens, les clés sont sur l'établi…

Elle prend le trousseau, monte l'escalier, ouvre le cadenas de la trappe en bois. Tristan la suit… Il n'a plus que quelques poils, sur le nez, pour rappeler le monstre qu'il était.

– Demain, quand je lui ouvrirai, papa ne se souviendra de rien. Mais il ne restera sans doute pas beaucoup de viande consommable dans la chambre froide. Tant pis pour les terrines de gibier !

Margot sourit : bien fait pour les affreux clients mangeurs de biches !

Ils regagnent le rez-de-chaussée, traversent le cellier, entrent dans la cuisine, encore plongée dans le noir. Tristan allume une veilleuse, met de l'eau à chauffer.

– Je vais te faire une bonne tisane au

miel, pour te réchauffer… Ensuite, tu iras te coucher !

Il cherche du miel, coupe du pain, puis ouvre le frigo.

– Tu veux manger quelque chose ? En fait, j'ai encore une faim de loup !

Margot sursaute.

– Enfin, c'est une façon de parler, bredouille Tristan.

Elle sourit. Lui aussi.

– On va se contenter de tartines cette nuit. Qu'en dis-tu ?

– Bonne idée !

L'AUTEUR

Vincent Villeminot vit et travaille dans les Alpes depuis treize ans.

Il est l'auteur de nombreux romans, dont la trilogie *Instinct*, *Ma famille normale contre les zombies*, *Ma famille normale contre les yétis* publiés aux éditions Nathan, et le projet choral *U4* publié aux éditions Nathan et Syros.

L'ILLUSTRATRICE

Joëlle Dreidemy est diplômée de l'École Émile-Cohl, où elle est aujourd'hui professeur. Quand elle n'enseigne pas, elle dessine (et chante) ! Elle travaille pour la presse et l'édition jeunesse, aussi bien en France qu'à l'étranger. Elle vit à Montpellier.

FSC
www.fsc.org
MIXTE
Papier issu de sources responsables
FSC® C022030

Loi n°49-956 du 16 juillet 1949 sur les publications destinées à la jeunesse, modifiée par la loi n°2011-525 du 17 mai 2011

ISBN : 978-2-09-257513-0
Dépôt légal : septembre 2017

N° éditeur : 10244999 – N° imprimeur : 802343

Achevé d'imprimer en mars 2018
par la Nouvelle Imprimerie Laballery
(58500 Clamecy, Nièvre, France)